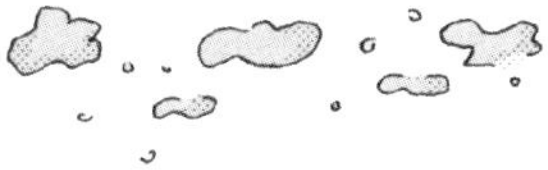

나만의 색깔을 만들어가는 중입니다
인생은 어디로 흘러갈지 알 수 없지만

초판 1쇄 발행 | 2020년 3월 25일
초판 2쇄 발행 | 2020년 6월 10일

지은이 류형정
발행인 한명선
편집인 김화영

기획편집 나은심 **마케팅** 배성진 **관리** 이영혜 **디자인** 모리스

주소 서울시 종로구 평창길 329(우편번호 03003)
문의전화 02 – 394 – 1037(편집) 02 – 394 – 1047(마케팅)
팩스 02 – 394 – 1029
전자우편 offcourse_book@daum.net
인스타그램 instagram.com/offcourse_book

발행처 (주)새움출판사
출판등록 1998년 8월 28일(제10 – 1633호)

ⓒ 류형정, 2020
ISBN 979-11-90473-13-2 03810

• 잘못된 책은 바꾸어 드립니다.
• 책값은 뒤표지에 있습니다.

인생은
어디로
흘러갈지
알 수
없지만

나만의 색깔을 만들어가는 중입니다

류형정 지음

타고 있던 지하철이 한강을 지나고 있을 때였다. 낮은 한강과 하늘 높은 구름 사이를 지나치며 햇빛이 내 얼굴을 쏘았다. 잠시 눈을 감았는데 시간이 멈춘 것 같았다. 이대로 잠깐 멈췄으면 하는 생각이 들면서 아차 싶은 거다. '이대로 지금을 보낼 수 없어.' 하며 그 순간을 사진에 담는다. 시간이 지나 사진 폴더를 보면서 '이딴 걸 다 찍었담.' 하며 지우지 못하는 사진을 한가득 끌어안고는 나라는 인간이 이렇지 푸념하듯 혼잣말을 내뱉는다.

나는 숨 쉬고 있는 지금을 기뻐하는 날이 있는가 하면, 어느 날은 기진맥진해 누워만 있고 싶다. 웃기지도 않는 시답지 않은 말장난을 좋아하고, 버리고 간 가구에 무슨 사연이 있을까 하며 감성 터지는 상상을 하기도 한다. 공감되지 못하더라도 좋아하는 일을 하는 것을 나의 우선순위로 둔다. 그러다 보니 자잘하게 할 수 있는 것이 많은 사람이 되었다. 작고 다양한 것들이 모여 각기 다른 색을 내지만 어우러짐을 느낀다.

매일 다른 햇볕을 쬐인 내 얼굴엔 시간이라는 기미와 주근깨가 생겼다. 하지만 표정은 한결 편안해져 조금 더 주근깨가 생겨도 괜찮겠다는 생각이 들었다. 초록색 지붕집에 사는 빨간 머리 앤처럼 말이다.

"근데 난 늘 똑같은 사람이었다는 사실을 깨달았어. 내 가치를 정하는 사람은 나밖에 없어.
…지금은 사랑받고 있지만 푸대접 받을 때도 난 소중했지."

_〈빨간 머리 앤〉 시즌 3, 7화 앤의 대사 중

나는 소소한 것의 유쾌함 속에서 살고도 싶고, 거대한 꿈이라는 목표에서도 살고 싶다. 그 거대한 꿈이 아직 뭔지 모르겠지만 꿈을 기대하며 즐겁게 잘 살고 싶다. 인생이 어디로 흘러갈지 알 수 없지만, 나만의 색깔을 즐겁게 만들어가면 좋겠다.

2020년 봄날에, 류형정

지금이니까

나는 바람을
맞으러 간다

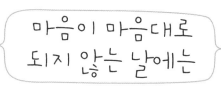

마음이 마음대로
되지 않는 날에는

새해

모두 돈 많이 벌어서 하고 싶은 거 하고 책도 많이 사세요.

새해가 되면

먹을 것이 많아진다.

한살!

먹고!

먹고

먹고

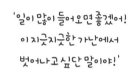

'일이 많이 들어오면 좋겠어!
이 지긋지긋한 가난에서
벗어나고 싶단 말이야!'

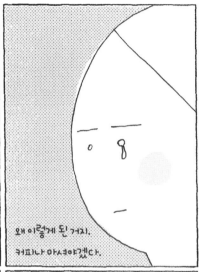

왜 이렇게 된 거지.
커피나 마셔야겠다.

빛이나

20살

설날 고향집에서 도망 나온 삼십대 시선

저때가 참 좋았는데···
후루룩~ 지나간 날을 떠올리며
커피와 디저트를 먹는다.

건강한 몸, 건강한 마음

몸이 여러 개였으면 하는 날이 있다.
여유롭다가 가끔 모든 일이 한꺼번에 쏟아진다.

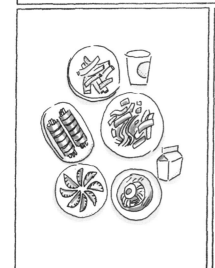

바쁘면 바쁜 대로 귀찮으면 귀찮은 대로
인스턴트, 배달 음식을 과하게 먹는다.
살도 찌고 피부 트러블도 심해졌다. 규칙
적으로 밥을 먹다가도 흐트러지는 것은 순
식간이었다.

먹고 나면 어찌나 졸리던지.

무거운 느낌을 싫어하는 편이라
잘 관리하고 있었는데

백살이 처지는 걸 보니

이대로면
무너질 것 같았다.

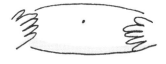

토마토　　　달걀

채소　　　　　연두부

건강식으로 먹자고 다짐하고
토마토, 달걀, 채소, 연두부를
배부르게 먹는다.

머리도 아프고
배고프고
졸립고

그런데 건강식으로 먹기 시작하고
컨디션이 너무 좋지 않았다.

다시 밥과 반찬을
제때 챙겨 먹었더니
괜찮아져서 놀랐다.

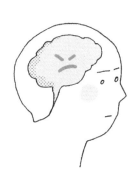

건강 상태에 따라 마음마저 변한다.

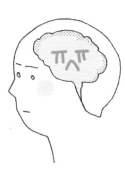

건강해야 좋아하는 것도 오래한다.

몸도 마음도
괜찮은 상태를
유지하는 것은 중요하다.
누구나가 알고 있다.

규칙적인 생활을 하는 것,
그걸 지켜나가는 것이 중요하다는 것도
누구나가 알고 있다.

숨 크게 쉬고…

나님아,
천천히 건강해지자.

저 좀 다녀올게요

산책은 나의 힘...
회사 다닐때 산책하러 자주 갔다.

네

저 좀 다녀올게요

아우~ 배가 너우 아파
찢어 질것 같아
회사들어가야
되는데

바쁜 일이 끝나면
무조건 회사 주변을 걸었고
병원과 약국을 많이 오갔다.

장에 좋은 약과 음식을
찾아 먹게 되는 나를…
이전에는 상상하지 못했다.

대학교에 작업실이 있었지만
나는 집에서 혼자 작업했다.

그래서 나는 내가 어떤 사람인 줄
몰랐던 것 같다.

누군가와 같은 공간에 오래 있으니
답답하고 배가 아팠다.
왜 아픈지 몰라 창피했다. 아주 많이.

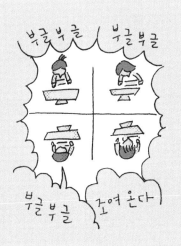

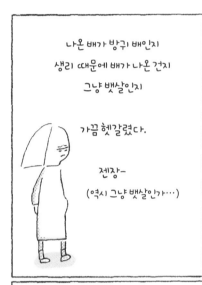

나온 배가 방귀 배인지

생리 때문에 배가 나온 건지

그냥 뱃살인지

가끔 헷갈렸다.

젠장—
(역시 그냥 뱃살인가…)

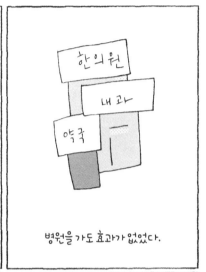

한의원

내과

약국

병원을 가도 효과가 없었다.

커피, 우유,
찬음식
피하세요

네…

라떼
중독자

피해야 되는 음식을 알려주며
자주 움직이라고 했다.

뇌에도 수여 든 건가

한동안 부글거리는
배를 잡고 다녔다.

매일 여러 사람과 같은 공간에서 앉아서 일해야 되는 사무실.
좁은 공간 속 좁은 책상에 앉아 있는 것이 내게는 너무나 쉽지 않은 일이었다.
이때부터 장기근속자를 존경하게 되었다.

아랫배는 터질 것 같았고 매번 장 활성화를 위해 산책하러 나갔다.
과민성 대장 증후군이었다. 한의원과 내과를 오가며 진료를 받았다.
장에 좋다는 건 다 먹었지만 소용없었다.
그저 퇴근하면 '이야! 퇴근이다!' 하며
방귀도 몸속에서 퇴근을 외치고 튀어나왔다.

'이런 방귀 같은 몸뚱이다.'

퇴사하고 증상이 줄었지만
이때부터
긴장하면 부글부글,
사람만 많이 모여 있으면 부글부글.

대체 난 뭐가 이렇게 힘든 걸까?

뿡

퇴근이다!
아니~
뿡 퇴사다!

허하다

온 힘을 쏟아내 노력해도
결과가 보이지 않으면

금방 지쳐 얼마 가지 못한다.

햇빛을 보며
파릇한 시기가 지나고 나면

열매를 맺어야하는데

시간이
지날수록
속이 허하다.

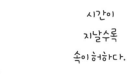

어떻게 해야 할지
점점 더 모르겠다.
'내 열매는?'

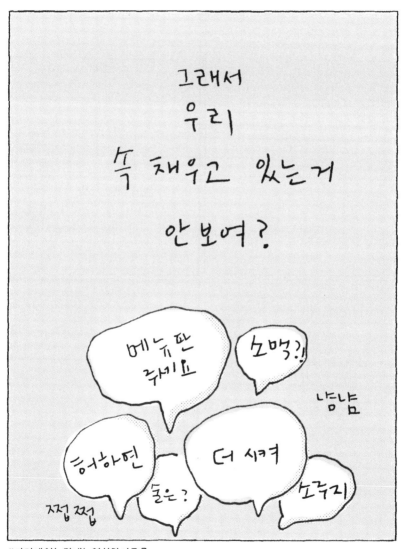

#자리에 없는 막내는 열심히 야근 중.

인생은 어디로 흘러갈지 알 수 없어

주문하긴 했는데...

하지 못하는 것이라 생각하고
하지 않았던 것을

시도하고 싶을 때
걱정으로 가득 차지만

왠지 모를 기대감으로
자신감이 생기곤한다.

나쁘지 않아

`내가 꿈꾸는 것은 뭘까?`

잘하고 있다고 생각하다가도
이제는 뭘 해야 할지
내가 할 수 있을지에 대한 의문이 든다.

"뭘 해야 할지 모르겠어요."

"이 책 읽어 봐."

나를 잘 아는 누군가의 말이
어느 순간
내 삶에 영향을 주게 되는 것을
발견하곤 한다.

작가님

엄청 솔직하다

. . .

출판 행사 참여 후 다른 작가의 책을
보고 나도 내 이야기를 쓰고 싶어졌다.
서른이 된 후 그동안 쓴 일기를 꺼내보
았다.
보잘것없어 보이는 이야기뿐이라 창피
해졌지만…

"책 만들어봐."
상대방이 가볍게 던진 그 말이 내내
맴돌았다.

`나도 내 이야기를
써도 될까?´

할 수 있는지 당장은 모르겠지만
일단 시작해본다.

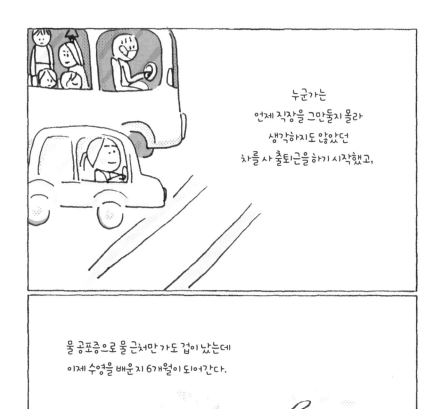

누군가는
언제 직장을 그만둘지 몰라
생각하지도 않았던
차를 사 출퇴근을 하기 시작했고,

물 공포증으로 물 근처만 가도 겁이 났는데
이제 수영을 배운 지 6개월이 되어간다.

소심해서 누구에게도 말하지 못했던 일기가
책으로 이어지기까지는 꽤 오랜 시간이 걸렸다.
결정을 내리지 못할 때마다

일단 내버려두자
일단 하면
어떻게든 흘러갈 것이라 생각했다.

그럴 때마다 마음속으로 괜찮다며.
인생은 어디로 흘러갈지 알 수 없지만 후회는 없을 거라고,

알 수 없는 인생이
인생의 묘미고 알 수 없기에
다가올 내일이 더 재미있을 거라고 다독인다.

" 모르겠지만
어떻게든 흘러가겠지."

마음

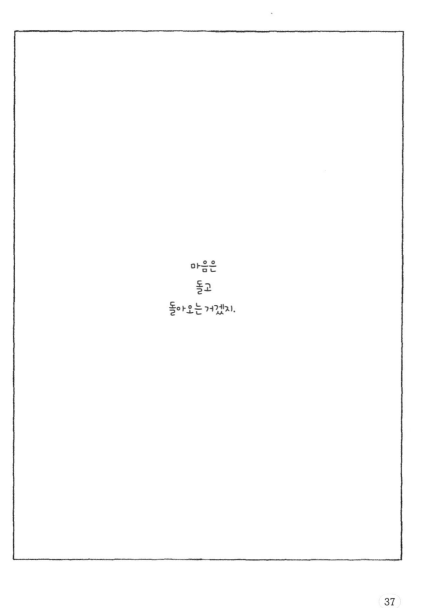

마음은
돌고
돌아오는 거겠지.

감기

꽃가루에
코가 근질거리고
훌쩍거리지만

감기잖아.
잠깐이야.

너무 걱정하지 마.
곧 지나갈 거야.

지금이니까.
그런 거야.

훌쩍—

유어 플라워

아침에 피고 저녁에 지는 꽃이 있고

여름 내내 피는 꽃이 있고

봄에 피는 꽃이 있고

가을을 위한 꽃이 있고

겨울에 잠자는 꽃도 있지만
추위에 피어나는 꽃도 있다.

마음 한켠에 언제 필지
모르는 꽃이 있다고 믿는다.

언제나 부정적이고

삶에서

희망이 보이지 않는다고 해도

나는 믿는다.

언젠간 나의 꽃이 피리라는 것을.

보이지 않는 틈에서 필 수 있으니

나를 많이 들여다봐야지.

내가 사는 세상

내 시야만 너무 믿고 있는 것은 아닐까.

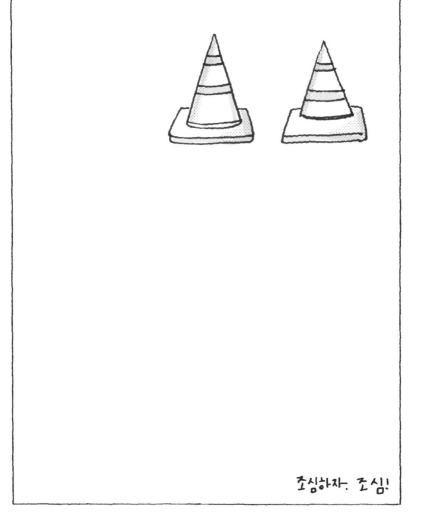

초심하자. 조심!

얼마나 채워야 할까

'아무것도 없다.'는
생각이 들었고
자신감은 항상 부족했다.

다행히 시간이 지날수록
걱정과 불안감, 실수가
경험 또는 노력으로 채워지고,

가득 차 완성이 되어간다는
생각에 기쁨이 맴돌았다.

'이제 난 부족하지 않아.'

늘 더 채우고 싶어 했지만,
현재는 항상 한없이 부족했다.

결국, 흘러넘쳐
스스로 감당할 수 없는
상황이 벌어졌다.

약간의 비는 마른 땅을 촉촉하게 적셔주지만
너무 많은 비는 거리를 잠기게 한다.
나는 늘 잠기는 것이 두려웠지만
한편으로는 그대로 계속 두면
어떻게 될까 궁금했다.

'넘치도록 두면 흘러넘친 물에서도
수영을 할 수 있지 않을까?'

오는 건 막지 않고 가는 것도 막지 않는

대학교 신입생 첫 수업이었다.
본인이 표현할 수 있는 것을 그리라는 교수님의 말에
나는 흰 종이에 다양한 푸른색을 이용하여 선을 그었다.

"나는 물 같은 사람이 되고 싶어요.
어디든 갈 수 있고 어디로 갈지 모르잖아요."

가만히 듣던 교수님이 말했다.
꿈이 너무 큰 것 아니냐고…

'첫 수업부터 수업에 대한 신뢰를 잃었지.'

물가는 늘 좋았다.

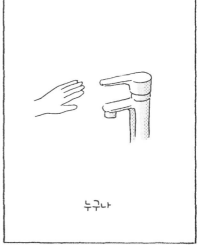

누구나

다가갈 수 있고

어느 것에도

고정되지 않는

그런 모습

변하지 않는 듯하지만 변하고

오는 건 막지 않고 가는 것도 막지 않는

그런 곳.

마라톤

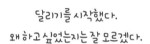

달리기를 시작했다.
왜 하고 싶었는지는 잘 모르겠다.

꾸준히 뛰었고
여러 마라톤을 나가
메달이 생겼다.

서로가 서로의 응원으로

가슴이 마구 두근거리는 것을 느끼며
함께 뛰게 된다.

응원 소리가 그렇게 좋았다.

그냥 달렸다. 나는 항상 이유 없이 하는 무언가가 좋았다.
달리기도 그랬다.
별 이유 없이 달리는 행위를 통해 나를 더 느낄 수 있다.

달리기를 하면서 나는 '목적지에 무사히 도착할 것!'
'힘이 너무 들면 쉴 것!' 이 두 가지만 생각했다.

정말 힘이 들지만 완주하고 싶다.
아니, 완주하지 않아도 괜찮지 뭐.

힘들 땐 천천히 걸으면 되고 괜찮아지면 다시 뛰면 되었다.
정해진 제한 시간이 지나면, 차를 타고 가면 된다는 생각으로 뛰었다.
인생이란 그런 거 아닌가 하며.

끝이 나면 끝을 냈다는 것만으로도 기뻤다.

달리기에 거창한 의미를 두고 싶지 않다.
깊이 생각하고 뛰기보다는 뛰는 것 자체를 즐기고 싶다.
사람들은 흔히 말한다.
무슨 일을 할 때마다 그것이 무슨 '의미'가 있냐고.
그리고 또 말한다. 달리기 좋지, '근데' 말이야…

'근데…'

스무 살 무렵까지 낙서를 많이 했다.
낙서 역시 지나고 생각해보면 자연스럽게
나의 내면을 기록하는 일이었다.
그렇게 습관처럼 낙서하던 어느 날,
'의미'가 들어간 그림에 대해 고민하기 시작했다.

그리고 그 후 가방에 넣고 다니던 드로잉 북과 펜을 들고 다니지
않게 되었다. 결국 의미를 두면서 별 의미가 없었던
것까지 멈춰버리게 된 것이다.

'의미'라는 것은 하지 않으면
생기지도 않는 것을 모르고 말이다.

출발선에서 탕- 하고 시작하는 것은 맞지만
누구나 같은 출발을 하는 것은 아니다.
모두의 속도가 다 같은 것도 아니다.

멈추든 뛰든 걷든

나만의 출발선 앞에서 늘 준비되어 있음을 되새겨야지.
나만의 속도로 계속 갈 수 있으면 좋겠다.

지금의 나로

오늘도 지하철을 타고 가다 생각에 잠겼다.

어릴적 나는 내가 철이
빨리 들었다고 생각했다.

그도 그럴것이 분명
'착한 아이'는 아니었지만,

언제나 '알아서' 잘하는
아이였기 때문이었다.

알아서 잘하는 아이는
성인이 되어서도
알아서 잘하려고 노력했고

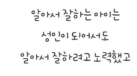

하루빨리 경제적으로
독립하는 것을 목표로 살았다.

잘 할수 있습니다

반복되는 일상의 지겨움.

이대로 사는 게 맞는 걸까 의심이 들었다.

그로부터 얼마 있지 않아 나는 잠시 멈추기로 했다.

내가 멈추어 있는 동안 친구들은 달라지고 있었다.

친구들은 직장에서 승진하고, 결혼해 아이도 낳고, 가족을 꾸려나갔다.
만날 때면 힘들다, 나를 위한 시간이 없다고 불평했지만 좋아 보였다.

나는 언제까지 불안하게 살아야 할까?
내 안의 불안감은 점점 커져 그들의 삶과 비교하기 시작했고
이내 나는 너무 불행해졌다.
믿었던 모든 것이 나를 등지고 뒤돌아선 느낌이었다.

한창 스스로 불행하다며 끙끙대고 있을 때,
주변 사람들로부터 잘하고 있다고, 건강부터 챙기라는 말을 듣고
금세 괜찮아졌다.
나는 너무 쉽게 불행과 행복을 오갔다.

오늘도 별것 없는 하루를 보냈고,
그 별것 없음을 인정하고 별것 없이 산다.

나의 '지금'은 지금밖에 없으니까 말하며
나는 또 이렇게 '나'로 별일 없이 살고 있음을
언젠가 그리워하며 돌아보는 날이 오겠지.

느린 사람

어디로 가야 할까?

언제나
헤맨다.

길인지
길이 아닌지도 모르고.

그저 배가 고파 도시락을 꺼내 먹고

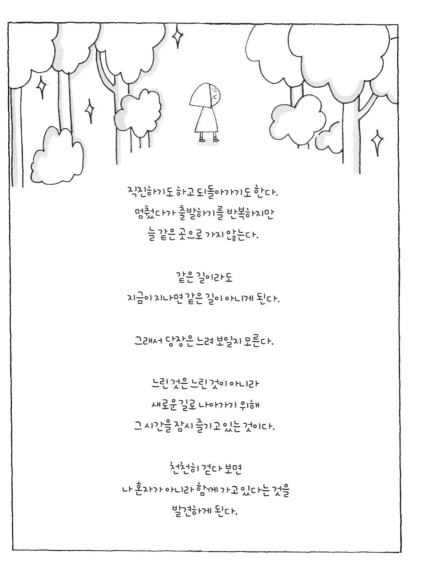

직진하기도 하고 되돌아가기도 한다.
멈췄다가 출발하기를 반복하지만
늘 같은 곳으로 가지 않는다.

같은 길이라도
지금이 지나면 같은 길이 아니게 된다.

그래서 당장은 느려 보일지 모른다.

느린 것은 느린 것이 아니라
새로운 길로 나아가기 위해
그 시간을 잠시 즐기고 있는 것이다.

천천히 걷다 보면
나 혼자가 아니라 함께 가고 있다는 것을
발견하게 된다.

혼자여도 그저
괜찮은 하루

왜 난 혼자 있는 걸까

나는 가만히 있고 싶어졌다.

어느 날은
왜 난 혼자인 걸까 생각하다
슬퍼 주저앉았다.

언제까지 이렇게 있어야 할까?

막연한 생각들이 모든 것을 막았다.
변하고 싶지만 쉽지 않았다.

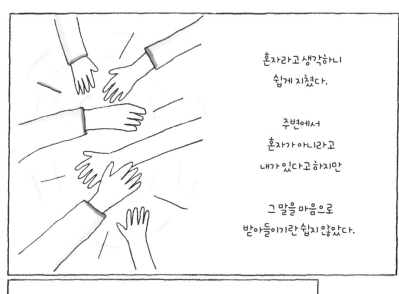

혼자라고 생각하니
쉽게 지쳤다.

주변에서
혼자가 아니라고
내가 있다고 하지만

그 말을 마음으로
받아들이기란 쉽지 않았다.

내민 손들을 끝도 없이 거절하며
정작 나는 남들이 알아주지 않는다고…

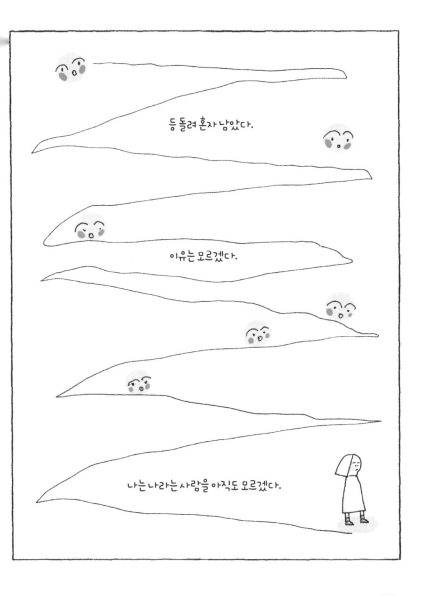

외로움에 대처하는 방법

포털 메인에 외로움에 대처하는 방법이 올라왔다.
나 역시 그 글을 만성 외로움에 시달리던 중 보게 되었다.

첫 번째, 따뜻한 물에 목욕하기.
목욕하면 온몸에 온기가 돌아 혈액순환이 좋아진다고 한다.
하지만 나는 샤워기를 오래 트는 건 물도 아깝고
집에 욕조도 없다. 목욕탕도 좋아하지 않아.

패스!

이런 곳은 괜찮을 거 같은데. #스위스 야외온천

두 번째, 반려동물과 함께 살기.

독거녀가 외출이라도 하면 동물은 외롭게 혼자 있어야 한다.

외로움을 전파하고 싶지 않다. 패스!!

🏷 I like

세 번째, 좋아하는 일을 하기.

지금 난 좋아하는 일을 하고 있는데 외롭다.

패스!!!

#반려동물 사지 말고 입양하세요.

네 번째, 부모님께 전화하기.

대디, 마미가

내 외로움을 들어주나?

하여튼 전화를 했지만

엄마는 모임이 있다고 끊고

아빠와의 대화는 짧았다.

"밥 묵나?"

"엉."

...

패스!!!!

엉. 밥 잘 챙겨 묵는다

다섯 번째, 혼자 있는 것에 익숙해지도록 노력하기.

나는 이미 혼자 잘 있는 사람이다.

백반집을 혼자 가는 일은 너무 익숙한 일이다.

자아
강한 년

주변에 사람이 있든 없든 외로움은 그대로다.
사람들을 만나 즐거워도 외로움이란 녀석은
그림자같이 옆에서 떠나가지 않았다.

마치 고요하다가 갑자기 파도가 치듯,
맑다가 갑자기 소나기가 쏟아내리듯
막을 수 없었다.

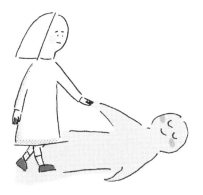

내 외로움을 혼자 두지 않아야겠다.
외로울수록 손을 더 내밀어야지.

종이배를 타고 있었어

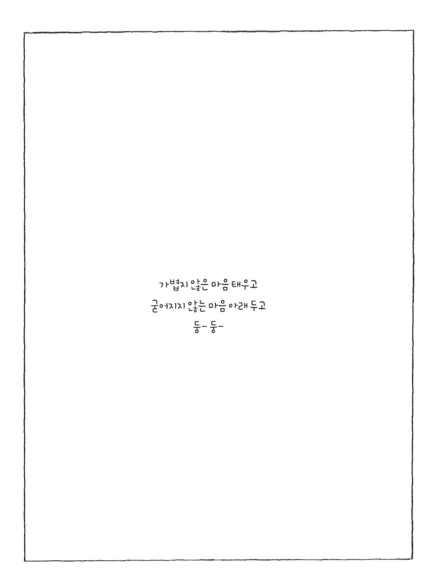

가볍지 않은 마음 태우고
굳어지지 않는 마음 아래 두고
둥- 둥-

말 많은 순간

그리고 2차로 할 말을
하러 간다.
3차도 있겠지…

모두를 보내고
나는 갑자기 말이 많아진다.
흥도 생기는 것 같다.

너무 많은 사람이 있으면
무슨 말을 해야 할지 잘 모르겠다.

사회에서 만난 친구들을
만나면 뭔지 모르게 힘이 들어간다.

싫거나 불편하지는 않지만
너무 스스럼없이 대하고 싶지는 않다.

사람들이 많이 모이는 장소에 갔다가
그렇게 정신없이 집에 돌아오는 날이면

그래도 나 아닌 다른 사람을 만나
짧지만, 상대방과 이야기를 나누었다는 것만으로도
스스로를 칭찬해준다.

'혼자 말을 너무 많이 해서 그런가….'

밤

잠그고

또잠그고

누가지나가나 확인하고

또 누가지나가나 확인하고

TV를 켜고

불을 꺼야

잠이

-

온다.

거리의 생명들

무심한듯

흘깃

가까이 다가와 애교도 부리지만

도도하게 돌아선다.

새끼들을 보면 뭐라도 주고 싶지만
사람 손에 길들지 않기를 바라며
멀리서만 바라본다.

경계해달라고 마음으로 바란다.
마음을 열면 상처받을지 몰라.

따라가지 마-...

마치 마음을 열지 못하는 내게 말하듯.

밥

혼자 살기 시작한 후
처음에는 집에서 국과 반찬을 다 해 먹었었다.
이것도 해 먹고 저것도 해 먹고
음식을 만드는 것이 재미있었다.

반찬이 없네

장 보러 가야지

장 볼 때는 음식 말곤
다른 생각이 안 나서 좋다.

가자...

다?!

응??!

오늘은 카레?!

이응자나...

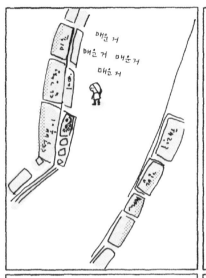

매운 거
매운 거 매운거
매운 거

앗!

오늘은 떡볶이 먹어야겠다!

거리는 음식의 천국이다.
천국이니까, 지나칠 수 없지!

오늘도 장을 열심히 보고
외식을 한다.

떡볶이 주세요

매운 거는 역시 떡볶이

짭 짭   짭 짭

처음엔 '혼자' 있는 게 즐거웠지만
이제는 익숙해졌나 보다. 지겹고 귀찮은 것들이 더 많아졌다.
간혹 집에 손님이라도 오는 날이면 뭔가를 만들고 싶기도 했다.

그러나 이제는 반찬을 사 먹거나
배달을 시켜 먹곤 한다.

대충 끼니를 챙기는 시간이 늘자
자신을 소홀하게 대하게 되는 것 같았다.

소중한 삶을 위해
같이 밥 먹을 밥 메이트라도 구해야 할까….

카레는
내일
만들어
먹어야지 !

집순이

내가 아는 작가들은 카페나 작업실 가서 일하던데…
나는 집순이다. 일이 많아도 없어도 집이 편하다.

집에서 나만의 규칙적인 생활을 한다.
안 나가도 할 일이 많다.

집중

가끔 산책 나갑니다.

넓은 집에 살고 싶네.
돈 많이 벌고 싶다.

부들부들

요가복을 입고

매트도 깔고

앉아

숨을 쉰다.

흐~읍

후~우

마시고
내쉬며

가다듬고
시작한다.

온몸이 부들부들
바들바들 떨리는데

오랜 기간 했더라도

매일 하지 않거나

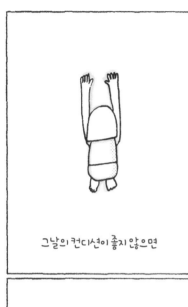

그날의 컨디션이 좋지 않으면

동작이 잘 되지 않는다.

호흡도
근육도
마음도
잘 유지하고싶지만

한편으로는
그것 또한 내려두어야 할까 싶다.

혼자의 시간

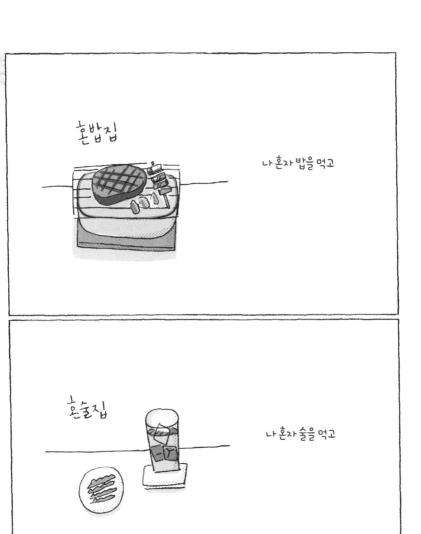

혼밥집

나 혼자 밥을 먹고

혼술집

나 혼자 술을 먹고

혼자 있는 시간이 늘 좋을 것 같았다.
혼자 먹는 꾸이꾸이는 맛있는데
영 재미는 없다.

가끔 캔맥주를 마셔
속을 달래지만
가시지 않는다.

맛이써용!

혼자 있어 편한 것과 동시에
심심함도 얻었다.

역시 혼자 마시는 술은 재미가 없다.

숲으로

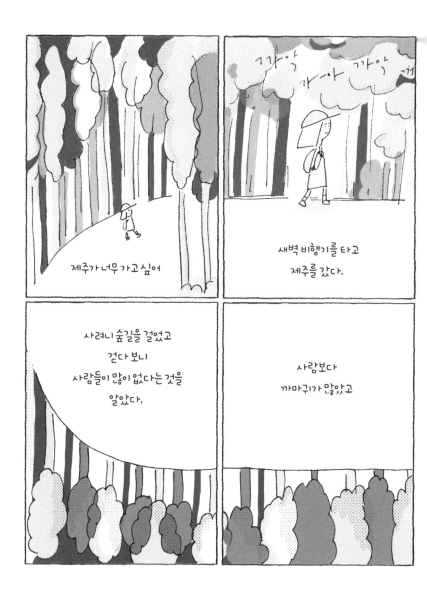

제주가 너무 가고 싶어

새벽 비행기를 타고
제주를 갔다.

사려니 숲길을 걸었고
걷다 보니
사람들이 많이 없다는 것을
알았다.

사람보다
까마귀가 많았고

낮게 날아
내 머리 위로 지나 다녔다.

까마귀 소리는
꼭 꺼지라는 것 같았다…

유난히 조용한 숲을 걸으며
나는 그들의 공간에 들어온 불청객 같았다.

제주는 까마귀가 많은데
이날처럼 낮게 날아 근처까지 온 것은
처음 있는 일이었다.

숲의 바람 소리와
나의 걸음 소리를 들으며

홀로 숲길을 걷는다.

그들의 세상에
우리는 허락받지 않고
당연한 듯 발자국을 남긴다.

어느 날의 바다

바다를 바라보는 나의 마음을 바라본다.

작고 평범한
일상이지만

여드름

또
아프네

자고 일어났는데
턱에서 약간의 통증이 올라왔다.

이 시기에 나를 만난 이들은
과한 트러블 패치와
화장한 내 얼굴을 볼 수 있었다.

내가 왜
??

울긋불긋
꼭 멍게 같았다.

'나 멍게 너무 싫어…
잘 먹지도 않는데.'

턱 멍게 진화설…
〈순간포착 세상에 이런일이〉라는
TV 프로그램에 나갈 수 있지 않을까?
'멍게 부인'이라는 화제의 인물이 되어
돈을 좀 벌 수 있겠다. 하하.
이렇게 생각하는 내가 어이없다.

"저 좀 다녀올게요."라고하곤
슬며시 갔다가 슬며시 약봉지를 들고
욱-씬 화-끈 거리는 턱을 더듬거리며
업무에 복귀한다.

턱 멍게 인

찰칵

찰칵

찰칵

원인은 그저 스트레스 또는
호르몬 변화라고 하는데
대체 내 몸은 무엇에 그렇게도
스트레스를 받기에
호르몬까지 변화시키는 것일까.
이런 작은 것들이
나를 자책하게 만든다.

어쩌면 출근이 만병의 근원이 된 게 아닐까?
그렇게 원하던 동료가 생겼고, 디자인 회사에 취직해
디자이너로 앞으로의 인생을 살 것이라는 큰 이상이 부담으로 돌아온 걸까.

지금도 그때 감정은 이해할 수 없다.
그저 힘이 많이 들었다는 이유로 토를 달지는 않는다.
얼굴 전체가 해산물이 되기 전에 그만두었지만,
오늘도 '멀쩡한 척', '척'만 하면서
열심히 해산물을 먹으며 해산물이 되어가고 있었다.

'어차피 해산물이 될 거였으면서…'

미안… 좀 먹을게

소주

건어물인가~ 건어물인가~ 크크

모기

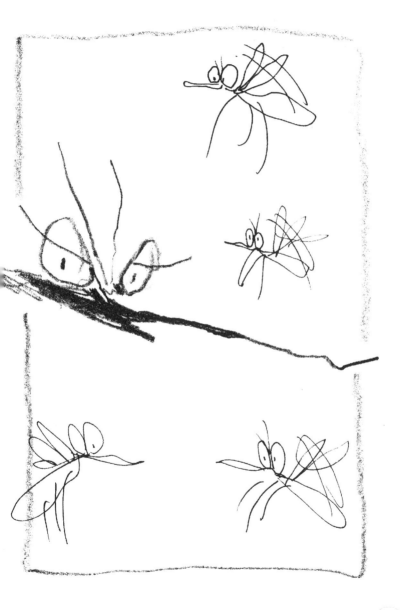

불을 끄면 나는 밥이 된다.

모기들의 식사시간

야외에 앉아 있는 날엔
모기들의 뷔페 날이 된다.
나는 인기 메뉴다.

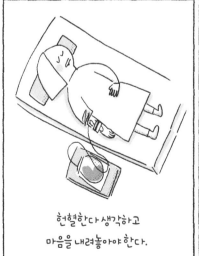

헌혈한다 생각하고
마음을 내려놓아야 한다.

배고파~

가을은 독서보단
피 고픈 계절인가 보다.

너나 나나

피곤하고
배고프고…

머리를 감을 때면

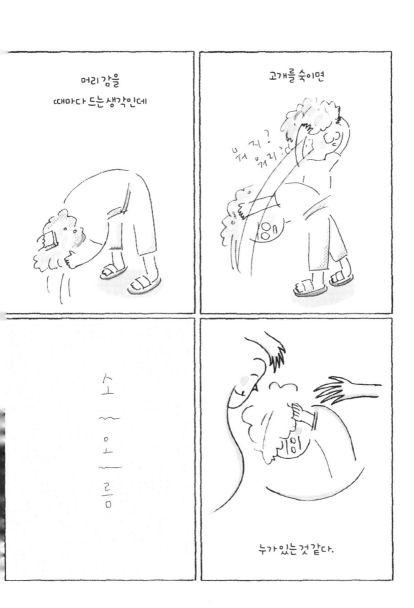

"나 귀찮은데 좀 감겨주든가."

"내 집에 살면 복좀 가져다주든가!"

나는 가끔 허공에 소리쳐댄다.

늘어지는 날

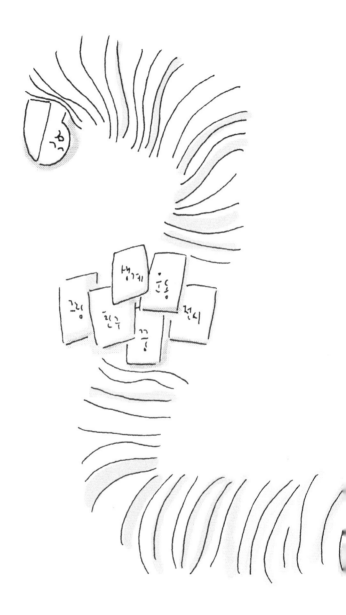

꼭 할 일이 많을 때 나는 늘어진다.

결국 아무것도 하고 싶지 않아져 다 미뤄버리고 잠을 청한다.
일어나면 해야 할 일은 그대로지만

꿈꾸며
나는 닥쳐올 것들을 받아들일
마음의 공간을 넓히고 있다.

초심

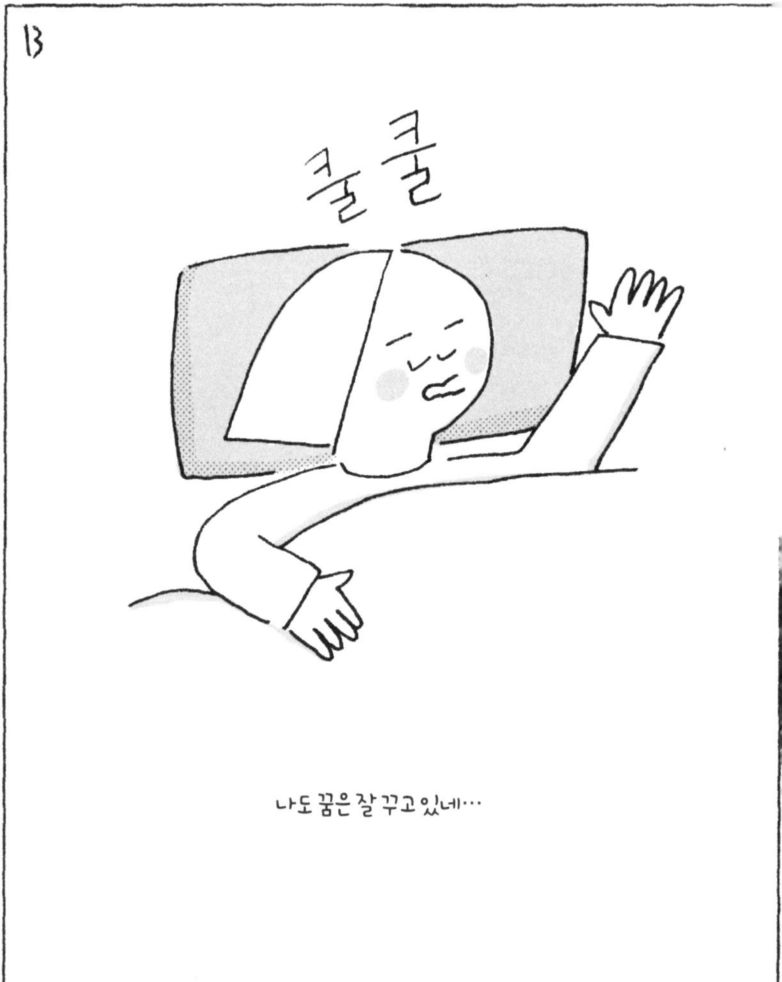
13
쿨쿨
나도 꿈은 잘 꾸고 있네…

열심히 하자던
처음의 마음.

시간이 지날수록
다 귀찮아진다.

책은 사기만 하고

여행 가방은 창고에 있으며

영어는 그저 단어지.

매일 그리자던 그림은
내일로 미룬다.

일 년에 책 100권 읽기, 운동, 여행, 외국어 등
매번 계획에 넣지만, 꾸준히 하기 어렵다는 것은 안다.
알지만 매년 초 계획을 세운다. 언젠간 하겠지?

밤에 일찍 자자는 단순한 다짐도
매번 실패. 밤낮이 바뀌기 일쑤고
항상 늦잠을 자버린다.

처음엔 결심한 대로 실천하려고 발버둥 치다
지날수록 하던 일이 생각대로 풀리지 않으면
우울해지기 시작한다.

그리고 이내 '결정했어. 웃고 잊어버리자.'라는 말로
드라마를 보면서 치킨을 먹으면
오늘의 우울함도 끝이 나곤 한다.

역시 치킨이지!

민족의식

초심을 위해 밤에 치킨을 시켜 먹어요. #결제 완료.

모습

나는 짙은 화장을 하지 않고 잘하지도 못한다.

조금이라도 짙게 하면

피부도 퍼석한 것 같고
눈이 너무 피로해
나도 모르게 막 비벼대고야 만다.

그것도 모르고 판다처럼 다니고 있으니
안타까울 노릇이다.

어디아파?

하루의 첫인사는 얼굴색을 보며

아니
꿀잠 잤는데
호아 - 암

컨디션을 체크당한다.

삼십대가 된 후 생얼로
다닐 수 있게 되었지만

사람이 많은 곳에선 당당하지 못하다.

낯짝이 두꺼워지긴 했는데

죄지은 사람처럼 고개만 숙여댄다.

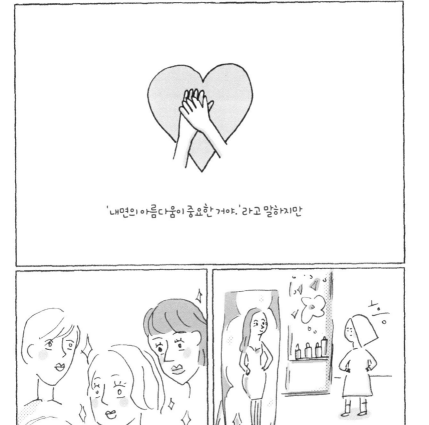

'내면의 아름다움이 중요한 거야.'라고 말하지만

나도 뭐든 예쁜 게 좋다.

낯선 사람을 소개받으면
순식간에 아래위를 체크하는 시선이 느껴진다.
남들의 그런 시선은 참 불편하지만
곧 나도 그러고 있다는 것을 깨닫는다.

잘 꾸미든 꾸미지 않든
겉모습만 보고 판단하고 싶지 않은데
잘 되지 않는다.

쉽게 불편함을 불평하지 말고
낯선 시선의
불편함을 강요하지 않는 사람이 되고 싶다.

장롱 면허일 수밖에 없어서

붕- 붕-

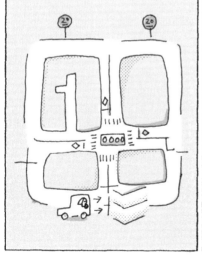

자! 도로갑시다

벌써요?

도로주행을 제일 잘했다.

10년 하고도 몇 년 전에 운전면허를 땄다.

하지만 여전히 대중교통을 이용한다.

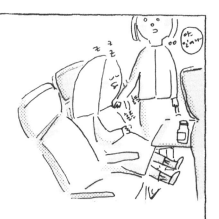

잠이 많은 나는 멀리 가면
분명 차를 세워두고 자는 시간이 더 걸릴 것 같았다.

그리고
아직은 거리에서 다른 것을 신경 쓰고 싶지 않다.

사실은 내 차가 있는 것도 아니고,
운전도 싫고 뒷좌석이 좋다.
도로에서는 꿈꾸는 사람으로 남고 싶다.

쿨쿨-

익숙해지는 것들 1

나 이름에 "○○씨"라고
부르는 게 편해진 것 같아.
방금도 "씨"라고 했어.

사람들 사이에 말로 표현할 수 없는 간격이 있는데,
상대방을 어떻게 부르냐에 따라 간격의 거리는 조절된다.

이름을 'OO 님'이라고 부르거나 'OO 씨'로 부르면서
상대방에 대한 태도가 자연스럽게 물든다.

익숙해지는 것들이 하나씩 늘면서
상대방을 받아들이는 것 같다.

불타오르네

기분이 별로인 날
나는 매운 음식이 먹고 싶어진다.

먼저, 밥에 김과 마요네즈를 넣고
비벼 주먹밥을 만든다.

그다음, 불닭 볶음면을 꺼내 끓인다.
치즈를 넣고
자글자글하게 졸인다.

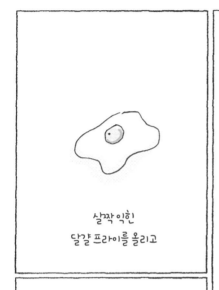

살짝 익힌
달걀 프라이를 올리고

후~ 불어서 맛있게 먹는다.

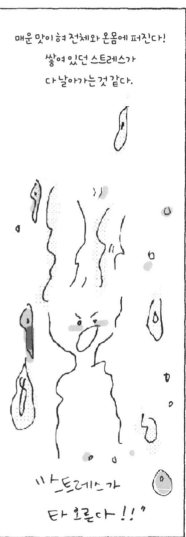

매운 맛이 혀 전체와 온몸에 퍼진다!
쌓여 있던 스트레스가
다 날아가는 것 같다.

스트레스가
타오른다!!"

스치는 사이

사과 한마디가 그렇게 힘드니?

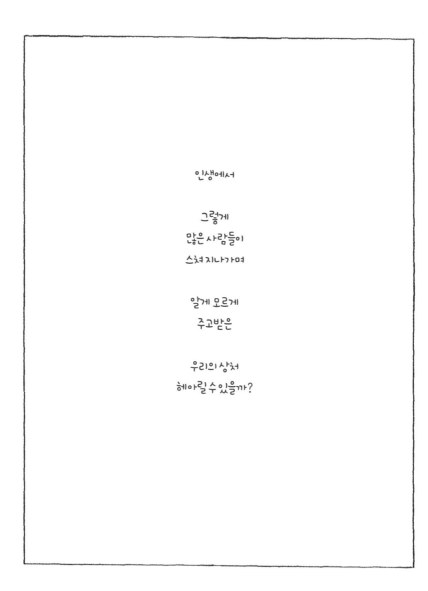

인생에서

그렇게
많은 사람들이
스쳐 지나가며

알게 모르게
주고받은

우리의 상처
헤아릴 수 있을까?

책

각지고 반듯한

누군가의 모습

또는 얇고 많은

누군가의

이야기가

담겨진 한 권의 책,
그리고 사람들.

사람들은 무엇을
보고 싶어 하는 걸까.

자꾸만
살펴보게 된다.

지금이니까

부지런하기란

지각할까
부랴부랴

출근하자마자
맡은 업무를 처리하고

여전히 나는 안중에 없고

머~엄

여기나 저기나

다들 정말 열심히구나.

" 바빠 개지? "

그저 주변에서 들리는 많은 소리를 흘려들으며
나는 오늘도 부지런히 밥을 잘 먹기 위해 움직인다.

그리고 먹을 때마다 '잘 먹고 건강부터 챙겨야 부지런해지지.'라며
대답 없는 바다에 각오하듯 말한다.

"우리 때는 말이야."
간혹 어르신들이 그 '때'를
운운하며 청년들에게 말하는 것을 들을 때면
'우리 이야기도 좀 들어주세요.'라는 눈빛만 보내본다.

하지만 별수 있겠는가. 이 '때'를 알 리 없기에 부질없는 일이다.
오늘도 묵묵히 자신의 일을 하는 사람은 못 이기는 시대라 하니,
그저 계속해볼 수밖에.

그들을 보면 더 부지런할 수밖에
없다는··· 결론만 나온다.

횡단보도

친구는 연애를 시작했다. 아니, 사랑이 시작되었다고 했다.
자신은 결혼 못할 거 같으니 같이 살자던
친구가 '결혼할 것 같다.'고 했다.

같이 살지 못해서 서운한 것은 아니고 이제 나만 남았다는,
마치 '마지막 잎새' 같다는 생각이 들었다.
삶의 희망이 없어지는 것이 아니라,
마지막 잎새만 떨어지면 겨울나무가
완성되는 것 같은 그런 기분이 들었다.

'이제 나만 가면 되나… 에헴.'

혼자 살면서 누군가를
만날 여유가 없었다.

새로운 사람을
알아간다는 것도
귀찮았고
상처받고 싶지도 않았다.

전화를 끊은 후
여러 생각이 들었다.

나는 언제부터
삶의 한 부분을 놓고 있는 걸까.

자연스럽게 포기하는
삶을 받아들이게 되었을까.

다 같이 기다리다 다 같이 길을 건너면 되는 건데,
나는 계속 빨간 불만 켜져 있기를 바랐던 걸까.

언제부터 이렇게 나를 속이면서까지
모른 척 지나치려고만 했던 걸까.

행복의 여유

카페에 가 그동안 하지 못했던 생각을 정리한다.

소중했던 일이나 하고 싶은 것들이 떠오른다.
종이를 꺼내 하나씩 적어본다.

'바쁜 일만 끝나면 못 보던 친구도 만나고,
고향 집에도 갔다가,
보고 싶었던 전시도 보고, 여행도 가야지.' 하고
생각하는 나를 보는 순간,

지금이 유지되어도
괜찮겠다는 생각이 든다.

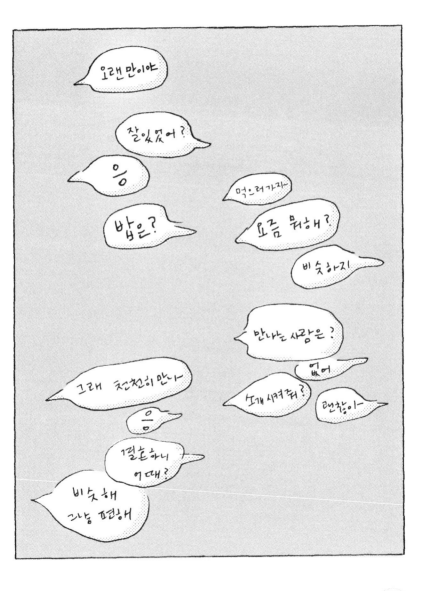

서로의 일상을
끊이지 않는 말로 나누고

별것 아닌 것처럼 보이는
소중한 시간을 함께할 수 있는 것은
지금이니까.

지금이니까 누릴 수 있는
너와 나의 여유를 나눈다.

잡히지 않는 것들

잡았다!

잡았다… 이제 내 거야.

잠들어 있는 나

이제 일어나.
너희 도움이 필요하다고.

가끔은
내가 아닌 내가 되고 싶을 때가 있다.

'내 속엔 내가 너무도 많아.'
〈가시나무〉의 가사처럼

여러 가지의 나는
여러 사람을 만나거나
여러 일을 통해 드러난다.

그럴 때마다
그런 모습이 정말 내가 맞을까 고민하고

여러 모습의 나를 보며 흔들리지만
다양한 감정과 태도를 배우게 된다.

그렇게
다른 누구보다
스스로의 힘으로 단단해지기도 한다.

죽으면 나무가 되어야지

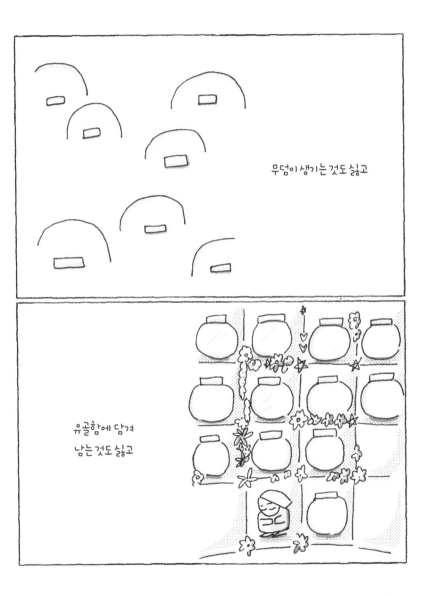

무덤이 생기는 것도 싫고

유골함에 담겨
남는 것도 싫고

강에 뿌려지는 것은 더 싫다.

불법입니다만...

자연으로 돌아가고싶은데
제일 좋은 방법은
나무가 되는 것이었다.

산소를 많이 뿜을 수 있는 나무가 되고싶다.

지금 삶도 삶이지만
죽어서도 사람들에게 뭔가 좋은 것을 주고싶다.
사람들이 보다 건강한 삶을 살 수 있게 도와주고싶다.

'공기를 사고파는 시대가 오면 안 되잖아….'

'아… 노잣돈으로 쓰려는 건 아닙니다.'

숨 쉬러 간다

좋은 전시란
귀 기울이며

아이들을 내버려두지 않고

기다려주고

사람 많다…

사진을 너무 많이
찍지 않는 전시.

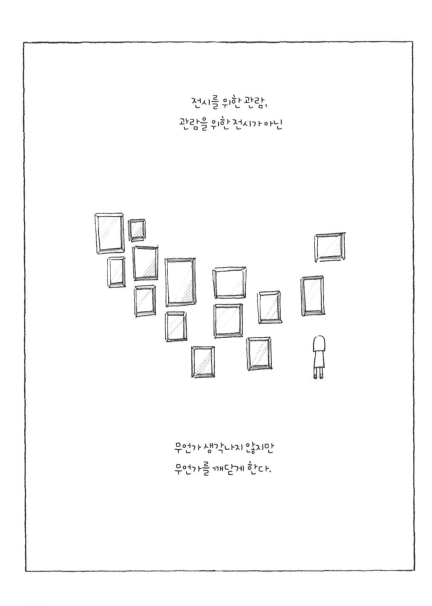

전시를 위한 관람,
관람을 위한 전시가 아닌

무언가 생각나지 않지만
무언가를 깨닫게 한다.

가만히 서 있게 되는 곳.

그저 나는 보고 있었을 뿐인데
좋은 전시를 보면 막혀 있던 숨통이 트인다.

가만히

나의 호흡을 느끼며
숨 쉬고 있는 것을 느낀다.

익숙해지는 것들 2

천재들은 매일 같은 옷을 입는 경우가 많은데,

스티브 잡스, 마크 주커버그, 칼 라거펠트

나는 그런 것은 아니고…
그러면 좋겠지만 늘 입는 옷,
늘 하는 헤어스타일,
늘 메는 가방이 비슷해지고 있었다.

세상은 예쁜 옷 천지지만
정작 입는 옷은 비슷한 옷들뿐이다.

단발

롱 셔츠

무거운 것이 싫어 매일 천가방을 메고
발이 아파 운동화를 신고

시간이 갈수록
익숙하고 편한 것을 찾게 된다.

색색의 등산복을 사는 날도
머지않았다는 이 기분…

단순성과 편의성을 위해 시그니처를 일부러 만든 것은 아니고
살다 보니 그렇게 되는 모습들.

영화 <수상한 그녀> 패러디

엄마의 사진을 보면
늘 같은 꽃 배경에 같은 포즈,
비슷한 등산복인데

나도 별반 다르지 않다.
비슷한 옷차림, 어색한 자세, 무표정.

시간이 지나면서 자신만의 취향이 확고해져 그런 걸까?

시간이라는 천재는 없으니까.
미래의 단순해진 자신의 모습을 보며
슬퍼하지만은 않기를 바랄 뿐.

넌 천재
인정

아이디어가 떠오르는 순간

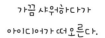 가끔 샤워하다가
아이디어가 떠오른다.

피카소도 샤워하면서 영감을 받았고

아인슈타인도 면도하면서
영감을 얻었다고 한다.

아무 생각 없이 걷다가 생각이 나기도 한다.

니체가 정정 위대한 모든 생각은 걷기로부터 나온다고 하지 않았던가.

영감은 어디에 있는 거지?

있는 것 같다가도

없는 것 같다.

다들 영감 찾아 여행도 잘 다니던데

난 영 그런 것이 없다.

내 영감?

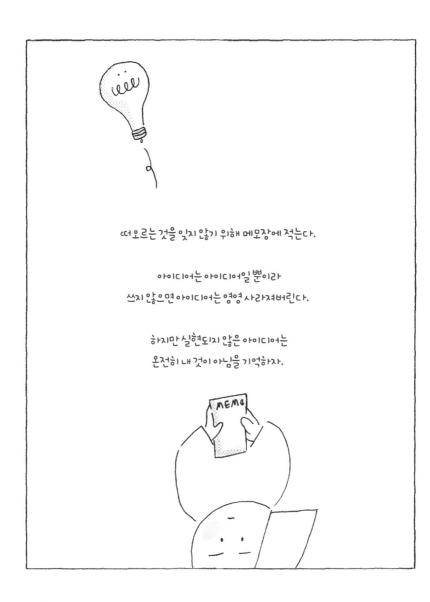

떠오르는 것을 잊지 않기 위해 메모장에 적는다.

아이디어는 아이디어일 뿐이라
쓰지 않으면 아이디어는 영영 사라져버린다.

하지만 실현되지 않은 아이디어는
온전히 내 것이 아님을 기억하자.

이유가 없는 것들

어릴 적 이런저런 그림을 그려
벽에 많이 붙였다고 했다.

그냥 해온 것이 지금은 직업이 되었다.

스스로의 성장을 위해서

모두의 건강을 위해서

평화를 위해서

자연을 위해서

사람들은 각자 사는 이유를 말했다.
굉장히 대단해 보였다.

나는 왜 그림을 그리고 있는 걸까?
그저 습관적으로 해오던 것들이 모여
지금이 되었는데 지금도 그럴듯한 이유는 없다.
그냥 한다. 그냥 했다.

최근에 생긴 이유는 내 그림을 보는 사람들의
기분이 좋아졌으면 좋겠다는 것.
그 이유밖에 떠오르지 않는다.

역시 그냥 사는 것은 별로다

반가운 단비가 와도
비 맞는 건 싫다.

우산이 꼭 필요하다.

옵시 지쳐 있어도

배고픈 건 싫다.

가까이 다가오면 불편하고

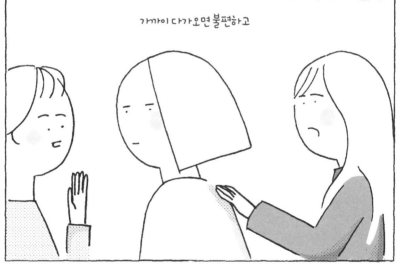

떨어지면 아쉽다.

나는 아마도 그런 인간인 것이다.

하루도 남들과 떨어지지 못 하면서

그냥 나로 있는 것도 불편한다.

역시 그냥 사는 것은 별로라며
모든 것을 내일로 미루며
내일의 기준으로 살 것이다.

운명 같은 소리

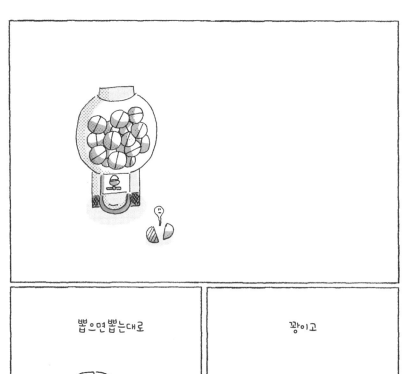

뽑으면 뽑는대로

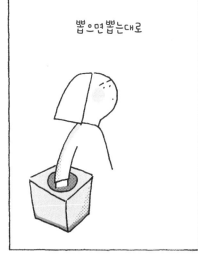

꽝이고

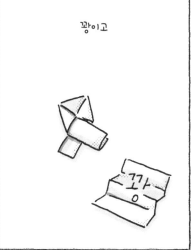

대체 1등은 누가 되는 걸까?

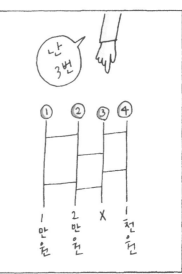

찍으면 찍는 대로
발등에 있는 것이 성적이고

공부를 해도
다른 사람의 몇 배를 해야 한다.

몇 배의 노력을 해도
될까 말까 그렇다.

그리고 난
운명을 믿지 않는다.

청나라 포송령이란 작가의 〈요재지이〉에 있는 이야기로, 어떤 선비가 평생 과거 공부를 했다고 한다. 그는 계속된 낙방으로 모든 것을 잃었다.

운칠기삼이라는 말이 있다.

모든 것이 엉망이 된 선비는 옥황상제에게 따지러 갔다.

옥황상제는 정의의 신과 운명의 신을 불러 술 내기를 시켰다.

이 술 시합에서 운명의 신은 일곱 잔을 마시고
정의의 신은 석 잔을 마셨다.

세상은 정의대로 행해지는 것이 아니라
운명의 장난에 의한 것이 더 크다.
그래도 3푼의 정의와 이치가 행해지고 있음도
또한 명심해야 한다.

옥황상제가 이렇게 말했다고 한다.

일이 잘 풀리지 않는 날이면
운도 없고
재능도 특별하지 않다고 투덜거린다.

그럴 때마다 나는 3이라는 정의와 이치를 믿고
언젠가 올지 모르는 7을 위한 생을 맞이한다.

'운명의 신이 술이 세면
내가 술이 강하면 되는데,
술이 약해서 망한 건가 하는 생각도 들고….'

작은 것들은 작지 않다

밥상 위 그릇에는
물을 담을 수도
술을 담을 수도
반찬을 담을 수도 있다.

그건 선택도 아니고
그날그날
자연스럽게 이루어진다.

나의 작은 그릇에는
작지만 소중한 마음이 담겨 있다.

나는 바람을
맞으러 간다

이 부록의 드로잉과 손글씨는
오른쪽 어깨 통증과 손 저림으로
불편한 오른손 대신
왼손으로 쓰고 그린 것입니다.

"저 지금은 괜찮아요."

오른쪽에서상태가
좋거랍하서 쉬려했고
난촌으로그리하고 합니다

균형 없는 인간

오른쪽 어깨가 아프다. 아무래도 직업병인가 싶다.

매일 의자에 앉아 고개를 주-욱 내밀고 모니터를 보다 보니

턱은 터-억 하고 튀어나왔고,

어깨는 한쪽만 개성 있게 튀어나간다.

균형 감각이라곤 몸부터 없는 인간이다.

새로운 낙

서울을 잠시 벗어나기로 했다. 한 달 반 정도 카페 오픈을 준비했고, 카페 운영자가 되었다. 물론 내 가게는 아니고 친언니의 가게다. 부족한 돈은 은행과 아빠에게 대출받았다. 돈 못버는 데 대출은 잘 나오는 걸 보니 이상한 세상이다. 서로의 사정을 잘 알면서 부탁한다는 것은 참 어렵다. 분명 계획에도 없는 돈을 어떻게든 모아준 것일 텐데.... 매번 돈으로 인해 모든 속상함이 시작한다.

속상함으로 시작한 카페는 내 인생의 또 다른 낙을 만들어줬다. 하루 매출을 생각하며 골머리 앓기가 추가됐기 때문이다. 삐-ㄱ! 원래부터 걱정이 많은 사람인데, 벌어야 할 돈 걱정이 늘어났다. 돈으로 인한 걱정은 정말 진절머리가 난다. 많아서 한번 진절머리 나기를 잠시 희망해본다.

오픈을 하고 지켜보니 개와 산책하는 사람들이 많았다. 조용히 있다가 가겠다는 사람들의 여유가 부러웠다. 반려견과 있는 사람들은 언제나 다른 사람을 의식하는 것 같기도 했다. 주변을 늘 신경 쓰는 모습이 좋았다.

사람들은 여유로워 보였고 피곤해 보이거나 시간에 쫓겨 다니지 않았다. 서울을 벗어났을 뿐인데 너무 분위기가 다르다는 생각이 들었다. 이사하기 전에 살던 곳은 직장인이나 대학생이 많았다. 피로에 찌든 얼굴로 핸드폰을 하며 급하게 다니는 것을 자주 보았다. 나 또한 수분기 없는 얼굴로 어딜 그렇게 쫓겨 가는지 오는지 모를 동네에 살다 보니 그렇게 사는 것이 당연한 것 같았다.

일하느라 몸은 더 피로해졌지만 잠시나마 여유 있는 그들을 보며 한결 나은 숨을 쉴 수 있었다.
지금은 카페 일을 하지 않아 새로운 낙은 사라졌지만, 장사는 정말 쉽지 않았다.

무용수 1
움짤면서비나
설레민다

유연한

무용수의 동작을 보고 있으면 언제나 마음이 들뜬다.
인간이 저래도 되나. 마음을 이렇게 뒤흔들어도 되나.
무언가에 매혹된 인생은 황홀할 것 같다는 생각이 들었다.
나는 단단한 바위같이 곧은 사람이 아니라서
그 어디에도 사로잡혀 있지 못한다.

유연한 몸을 가지고 싶고,
유연한 마음을 가지고 싶다.

그래서 내가 유연석을 보면 그렇게 설레고 좋은가 싶다.
계속 설레서 유연해져 미끌미끌거리고 싶다.
사... 사랑합니다.

도망도가라맙고

훈끄러워 날 지쳐봤잔.

거기를 가마린가려
터ㅅ려가럴 기다린건지...

엄어공양이가 나/우
어려웠고 찾아
한참을 서서 있었다.

길가의 시선

날 살피던 고양이 주변으로 새끼 두 마리가 보였다. 제 새끼를 해코지할까 봐 어둠 속에서 빨리 가라는 눈으로 경계하고 있었다.

길가에 고양이가 지나가면 나도 모르게 살펴보게 된다. 배가 나와 있으면 살인지 부은 건지 또는 새끼를 가졌는지, 젖이 부은 엄마 고양이는 아닌지 궁금해진다. 어딘가 새끼도 있을 텐데 건강은 한 것인지, 어미는 밥 잘 먹고 다니는지 같은, 거리 위 그들의 삶을 걱정한다.

내가 사는 곳 또한 쟤들과 다를 바 없는 곳인데, 누가 누굴 걱정하는 건지. 먹고살기 위해 발버둥치는 거나 다를 것 없다는 걸 알면서 현실에서 크게 벗어나지도 못한다.

엄마 고양이는 내가 등 돌려 갈 때까지 그 자리에 있겠지. 원래 가던 길을 가려고 고개를 돌리자, 내가 고양이 가족에게 쓸모없는 시선을 보냈다는 것을 알게 되었다.

맛있는음식을
같이먹는것,

우리는
한솥밥
먹는 사이.

맛있는 우리 사이

맛있는 음식을 같이 먹는 우리는, 한솥밥 먹는 사이지.
하지만 정말 맛있는 건 혼자 먹어도 맛있지.

가을이 되니 식탐이 나를 부르는 걸까. 혼자 요리를 하면서 대
가족이 먹을 수 있는 양을 하게 된다. 먹다 먹다 질려 결국 버
리곤 한다. 아마 나는 쓰레기 만드는 데 재능이 있는 것 같다.
작업할 때도 그렇게 쓰레기를 만들더니 밥 먹을 때도 그렇게
잘 만든다. 굉장히 쓸모없는 쓸모를 가졌는데, 어디 가서 쓸
일이 있으려나.

꾸교통같은 달이다
그표어는 쓰는벽스기
그앞에는
사진찍는 날 불편해
하는 사람
오르는

손톱 달

깎은 손톱 같은 달이 보였다.

그 앞은
스타벅스가

그 앞은
사진 찍는 날 불편해하는 모르는 사람이 서 있다.

미안하지만 나는 이 광경을 찍어 보관할게요.

걱정 마요.

님 모자이크되었어요.

나는 깎은 손톱 달을 보며 바짝 깎여 나가버린 내 손톱을 보았다. 나이 든다는 게 흐릿해진다거나 길어 깎여지거나 둘 중 하나야. 그렇지 않으면 모두 싸매고 다녀야 하는데, 그러기엔 가벼운 것이 좋다.

아침 7시

8시 20분 출근

9시 50분 퇴근

9 시 오후

3 시 퇴근

오후에 낮잠 2-3시간

꼭 방에 있자고 양해해됀아

문이 안열 리면
좋겠는데···

아침

카페를 운영하는 동안 아침 7시에 일어났다. 씻고 밥 먹고 외출복으로 갈아입고 어디 빠진 것이 없나 살펴보다 '아, 정신을 놓고 있군.' 정신을 주워 담고 8시 20분에 집을 나선다. 아침은 여유 있어야 하는 주의라 쓸데없이 준비 시간은 길다. 문이 열리지 않으면 좋겠다는 생각으로 억지로 안 열어본다.

버스를 타고 가면 환승해서 총 네 정거장이고 택시 타면 10분도 걸리지 않는다. 하지만 나는 버스 타러 5분을 걸어 나가 기다린다(택시비는 어마어마하다). 버스가 바로 오면 좋겠지만 인생에 그런 행운 따위는 없다. 기다리는 사람도 없었고 버스도 10분 후에 온다. 타고 2, 3분도 안 돼 내려 다시 버스를 기다린다. 길게 기다리면 10분 이상 걸리는데, 다행히 카페 쪽으로 가는 버스가 많다. 5분 정도 타고 내리면 8시 45분쯤 된다. 경비 해제하고 오픈 준비를 위해 청소도 하고 그날 첫 커피를 맛보면 9시가 된다. 커피를 내려 창가를 바라보며 퇴근해서 잠이나 더 자고 싶다는 생각을 근무 시간이 끝나기 전까지 한다. 죽을 것 같은 출근이다.

야행성이라서 밤에 작업하거나 잠이 안 와 빈둥대다가 이른 아침에 자곤 했는데, 한창 잘 시간에 나가려니 죽을 것 같았다. 밤에 자려고 노력했지만 별로 소용없었다. 특히 가족과 살 때는 서로 얼굴 볼 일이 없을 정도로 활동하는 시간대가 달랐다. 저녁에만 볼 수 있는 딸자식이었다.

이제는 뻔뻔하게 아침에 연락하지 말아달라고 말도 하고, 메일도 예약 메일로 쓴다. 아침 10시 반이나 11시쯤으로 맞춰 보내면 그쯤 전화가 온다. 그러면 나는 부은 목소리로 받거나 못 받거나. 노력해도 안 되는 건 별수 없다는 걸 알기에 이제는 그저 당당히 "저 아침에 자요."라고 말하고 싶지만 부끄럽다. 나 같은 야행성 인간은 언제쯤 당당해질 수 있는 걸까.

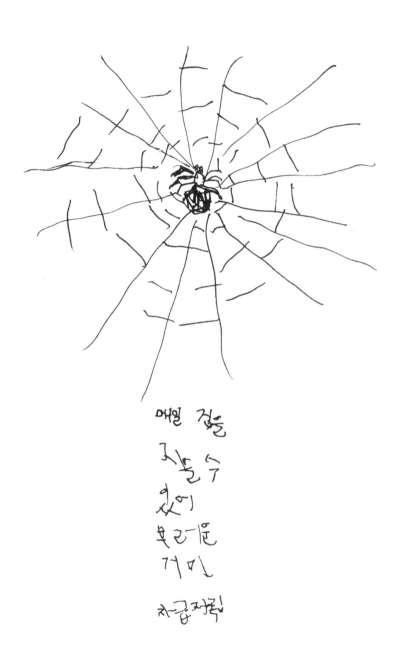

매일 점을

저녁 수

맛이

보다는

거미

차근저렴

거미줄

커피숍으로 가는 입구 쪽엔 그렇게 거미줄이 가득했다. 오픈할 때마다 가득한 거미줄 때문에 기분이 좋지 않았다. 문 끝과 간판, 계단 사이로 거미줄이 있었고, 매일 빗자루를 들고 비장한 마음으로 다 없애버리겠다며 거미줄을 쳐냈다.

다음 날엔 옆자리에 다른 거미줄이 생겼다. 거미줄과의 신경전이 이어지던 중, 어느 날 입구에 정말 큰 거미줄이 보였다. "이 동네 나~~ 바~~ 앙 자식, 다 와 봐." 하며 바로 잡아먹을 기세였다(날 잡으려고 하나 싶기도 하고). 고개를 숙이고 카페로 들어가야 했다.

내일도 이러면 어쩌나 싶다가 한편으로 거미가 부럽기도 했다. 스스로 집을 지을 수 있는 능력을 가진 거 아닌가(그러고 보니 능력자들이네). 이제껏 열심히 일하면서 내 집 하나라고는 없는 인생이 갑자기 슬퍼졌다. 내가 거미의 소중한 집을 부수는 나쁜 사람이 된 것 같았다. 언제쯤 나는 집 같은 걸 가질 수 있을까. 무너진 거미줄을 보며 한숨 쉬고 일이나 해야겠다고 중얼거린다.

오늘은 마음에 든다.

오늘은 내가 마음에 든다

마음에 드는 부분을 일부러 찾아보려고 한다. 아무도 모르는
점 위치가 마음에 드는 건 오늘의 큰 성과다. 최근에는 10년 만
에 웨이브가 들어간 파마를 했는데, 정말 마음에 들었다. 며칠
만족하다 한 달 만에 엉망이 되었지만, 새로운 기분이었다.

다시 미용실을 가야겠다.

뭔가 하나는 마음에 드는 하루여야 힘이 나지.

시답지 않은 그녀들

대학교 친구가 오랜만에 톡을 보내왔다. 둘째 낳기 전에 보자고 했던 게 몇 달이 지났다. 지금은 출산하고 건강하게 잘 있다고 했다. 엄마가 된 친구들이 많아, 잘 만나진 못하지만 잘 지낸다는 소식은 종일 만나 수다 떠는 것만큼 기쁘다. 일 년에 겨우 한두 번 만날 수 있는 사람이 되어 서로 미안해한다.

어째 나의 인간관계는 다 이 모양이지만,
나는 오래된 관계를 믿는다.

이야기하는 것을 좋아하는 한 친구와는 기본 한 시간 통화한다. 통화를 짧게 하는 편인 나는, 통화 전 긴 숨을 뱉으며 이야기할 준비를 한다. 원래 같으면 끊이지 않는 수다를 떠는데, 오래간만에 온 연락은 전화 대신 장문의 톡이었다. 역시 문장도 너 같구나. 태어난 지 얼마 되지 않은 둘째 딸과 첫째 아들을 챙기느라 여유가 없는 모양이었다.

그러면 문자는

언제부터가

행운아니

이야기 중얼했는데

기분좋

애가 들어봐 표현하게

글해도 못한다

훈명 영매들은 참 힘들어
별꼴괴하지 많은 시덜받은 얘길 했잖니.
시덜지않더라

나는 밝은 사람을 좋아하는데 개중 이 친구가 그렇다. 그저 만나면 욕을 해도 밝아서 좋다. 너무 밝아서 좋지 않은 일이 닥쳐도 긴 수다로 나쁜 감정들이 말끔해지는 것 같다.

나의 건조한 대화창에 하트를 뿌려대는 친구 덕분에 나 또한 하트를 남발한다. 애정이 있다면 이렇게 표현해야 한다,

그사이 카페에 들어와 커피를 마시며 이야기를 나누는 여자 셋이 있었다. 셋은 아이를 데리러 가기 전 잠시 쉬는 것 같았다. 서로가 서로를 다 아는 얼굴로 곧 그립고 그리워질 시답지 않은 이야기 나누고 있겠지—하트 날리면서— 하는 생각이 들었다.

사소한 식물

식물이 자라면 화분을 갈아 줘야 한다. 식물이 죽어도 화분을 갈아 줘야 한다. 말라 죽거나 썩혀 죽는데 분갈이할 때 그런 화분의 흙을 모아 잘 자란 식물의 뿌리에 넣어 준다. 다른 식물은 죽었지만 너는 잘 살아달라고 마음을 담는다.

잎이 잘 자라는지 마른 곳은 없는지 햇빛은 잘 드는지 살피며 "잘 자라라." 하고 말한다. "오늘은 날씨가 좀 흐린데 새로운 화분은 괜찮니?"라는 말을 걸어주면 "나는 잘 자라고 있어."라고 답하는 것 같다.

지금 내가 해줄 수 있는 건
그런 사소한 것들뿐이다.

휴가

부정적인 성격인 내가 제주를 갈 때면 그렇게 긍정적이고 밝은 사람이 된다. 십 년 전부터 먹먹한 마음으로 혼자 갔었다. 별것 없는 사연은 얘기하자면 길지만, 요즘은 먹먹한 마음이 아니라 좀더 가벼운 마음으로 가게 되어서 좋다.

휴가가 있긴 한 건지 모르겠지만,
휴가가 기다려지는 이유는 그렇다.

유기산 기다려진다

바람을 맞으러 간다

나의 삶은 대체로 기대하는 것들이 잘 되지 않아서
모든 허무 안에서 살고 있다는 것을 느낀다.
인생이 허무한 거지, 뭐.

나는 바람 맞으러 세상에 태어났나 보다. 머리카락이 바람에
흩날리는 날이면 그저 멍해진다. 그러다 쓰고 있던 모자까지
날아가버리는 날이면 나까지 날아가버리겠다는 생각에 서 있
으려고 안간힘을 쓰고 있었다.

온갖 힘이 들어가 몸이 굳고 마음이 굳어 어떻게 지금까지 흘
려보냈던 건가 하곤 금세 헝클어진 나를 정돈한다. 계속 흔들
릴지 날아가버릴지 말지는 허무 안에서 살다 보면 알게 되겠
지.

ㄴ ㄴ는
바람을
맞서 간다

허락한 마음 전달

당신에게 나는 특별한 사람도
그리 기억될 만한 사람도 아니라는 것을
언제쯤부터 알게 되었을까.

상대에게 일방적인 애정을 전할 때가 있다. 상대방이 내 마음
과 같지 않다는 것을 알아채면 부끄럽게 마음을 다시 주워 담
는다. 줍는다고 해서 줍진 못하겠지만, 더 마음을 주지 않으
려고 마음을 아예 차단해버린다. 이제는 내 마음을 다치게 하
고 싶지 않다. 알아주지 않는 사람에게 마음을 꾸준히 전하는
것이 지친다. 갑자기 오는 짧은 안부 인사 따위로 위안을 얻지
만, 그조차도 오지 않는다.

나는 당신이 떠오르면 전화하거나 메시지를 보낸다.
그렇다고 당신에게 내가 생각나면 전화하라는 것은 아니다.

상대방에게 허락받지 않은 마음 전달은 이제 그만하려고 하지
만, '나는 그런 사람인걸.' 하곤 휴대폰에 저장된 사람들을 슬
며시 바라본다.

내가 뭐라고

나가

뭐라고

🌀..

그리고

쓰고

있을 뿐인거기.

오랫동안 하고 싶거든

내가 운동을 하고

가벼운 몸을 원하는걸

권장하는거야.

원치않으면 / 우리 신체 따위 어드

한것도 권하지 않아

한 해 동안해

난

이전에

할수없는 것을 하고있는것 같다

느리지만 ...

유지할 수 있음에 기어름어야지

해피데이

다들 웃고있어하는

행복하다고 생각하고 말했다
그저 표정히 없어요
아직있다,

표정으로 드러나지 않아도
마음속은 행복에 젖어 있다는 것을
알았으면 좋겠다.

이십대에는 너무 많은 고민과 생각으로 힘들었다. 힘들다는 말을 하고 싶지 않아 힘든 표현이나 말을 꺼내지 않고 살았다. 죄지은 사람처럼 무거운 마음을 늘 지니고 있었던 것 같다. 혼자 살게 되면서 취업과 이직, 잦은 이사, 작가 생활 등 어느 하나 쉽지 않았다. 아직도 쉬운 것은 없지만 천천히 한다면 할 수 있다는 것 하나쯤은 알게 되었다.

서른이 되면서 정리라는 것이 하고 싶어졌다. 그간 있었던 날을 폴더에 넣듯. 기억의 종류와 시간을 세분화시키기보다는 엉뚱한 말도 하고 말할 수 없는 속내도 꺼냈다. 내향적인 나는 어느 정도 친해지면 정말 쓸데없는 농담을 하고 혼자 웃는 경향이 있다. 주변 사람들이 뭐냐는 듯 보지만 아랑곳하지 않고 웃어댄다. 이것은 오로지 오래 알던 사람들 앞에서만 나온다. 책을 쓰며 오래된 친구를 만나듯 나는 즐거웠다.

적고 나니 '내가 이런 사람이었다.'라는 것을 깨닫는다.
늘 지나고 나면 알게 된다.

예전에 뭘 그려야 할지 모르겠다는 친구가 있었다. 미대를

졸업한 것도 아니고 그저 하고 싶단 이유로 그림을 시작한 친구였다. 배우지 않았음에도 시작하려는 모습이 좋아 보여 지금을 그리라고 했다. 정말 추상적인 답변을 내줘버린 것 같지만, 그 친구의 이십대, 삼십대, 사랑하고 있을 때의 모습, 결혼한 뒤의 모습, 아이 엄마가 된 모습 등을 상상했다. 그 친구가 기억하고 자신의 지금을 그리고 있을지 모르겠지만.

언제나 내일을 준비하며 흘러가는 시간을 잡으려고 애썼다. 돌아보니 그간 흘러가며 쌓인 것들이 나를 말해주고 있다.

지금 나는 무언가를 하고 있고,
그것이 내일의 내가 될 것이다.

하지만 지금의 나보다 소중한 것은 없다. 흐르는 대로 '그냥' 둬도 달려온 시간이 있다는 것을 알아야 한다. 다양한 색깔을 좋아하는 사람이 있는가 하면, 한 가지 색깔만 좋아하는 사람도 있다. 각자의 색깔 앞에서 무던히 하는 사람들로 큰 힘을 얻는다. 기다려주는 편집자님이나 그저 그리고 쓸 뿐인데 응원해주는 사람들이 내 곁에 있다. 대체 내가 뭐기에 응원할까 싶지만 나만의 색깔을 순수하게 지켜가고 싶다.

　시간은 멈출 수 없기에
　소중하지 않은 것이 없다.

　오늘도 나는 멈추고 싶은 지금의 순간을 그리고 쓰며 흘러가도록 둔다.

작은 나의 작업실에서

류형정